Tu mundo

Sombreros

Clasificar

Dona Herweck Rice

¡Es hora de una fiesta de sombreros!

Nosotros usamos sombreros elegantes.

Nosotros usamos sombreros deportivos.

Nosotros usamos sombreros de vaquero.

Nosotros usamos sombreros de trabajadores.

Nosotros usamos sombreros divertidos.

¡Nosotros usamos todos los sombreros a la vez!

Resolución de problemas

Clasifica los sombreros en grupos. Haz un dibujo y rotula tus grupos. Contesta las preguntas.

1. ¿Cuántos grupos puedes formar?
2. ¿Cuántos sombreros hay en cada grupo?
3. ¿Cuál es otra manera de clasificar los sombreros?

Soluciones

Los dibujos variarán, pero deben tener grupos con rótulos.

1. Las respuestas variarán.
2. Las respuestas variarán.
3. Las respuestas variarán, pero pueden incluir clasificación por tipo o por color.

Asesoras

Nicole Belasco, M.Ed.
Maestra de jardín de niños, Distrito Escolar Colonial

Colleen Pollitt, M.A.Ed.
Maestra de apoyo de matemáticas, Escuelas Públicas del Condado de Howard

Créditos de publicación

Rachelle Cracchiolo, M.S.Ed., *Editora comercial*
Conni Medina, M.A.Ed., *Redactora jefa*
Dona Herweck Rice, *Realizadora de la serie*
Emily R. Smith, M.A.Ed., *Realizadora de la serie*
Diana Kenney, M.A.Ed., NBCT, *Directora de contenido*
June Kikuchi, *Directora de contenido*
Véronique Bos, *Directora creativa*
Robin Erickson, *Directora de arte*
Caroline Gasca, M.S.Ed., *Editora superior*
Stacy Monsman, M.A., *Editora*
Karen Malaska, M.Ed., *Editora*
Michelle Jovin, M.A., *Editora asociada*
Sam Morales, M.A., *Editor asociado*
Fabiola Sepúlveda, *Diseñadora gráfica*
Jill Malcolm, *Diseñadora gráfica básica*

Créditos de imágenes: Todas las imágenes provienen de iStock y/o Shutterstock.

Library of Congress Cataloging-in-Publication Data

Names: Rice, Dona, author.
Title: Sombreros / Dona Herweck Rice.
Other titles: Hats. Spanish
Description: Huntington Beach : Teacher Created Materials, 2019. | Series: Tu mundo | Series: Mathematics readers |
Identifiers: LCCN 2018052842 (print) | LCCN 2018059029 (ebook) | ISBN 9781425822866 (eBook) | ISBN 9781425828240 (pbk.)
Subjects: LCSH: Set theory--Juvenile literature. | Counting--Juvenile literature. | Hats--Juvenile literature.
Classification: LCC QA248 (ebook) | LCC QA248 .R51518 2019 (print) | DDC 511.3/22--dc23
LC record available at https://lccn.loc.gov/2018052842

Teacher Created Materials
5301 Oceanus Drive
Huntington Beach, CA 92649-1030
www.tcmpub.com

ISBN 978-1-4258-2824-0